JO

JOSHUA JONES

MRS CARIA

CYFEILLION CLORIAU CACWN

SLICI A SLAC
Stori Samson
Babanod Crwbanod
Ysbryd yr Ystlum
Dim Diferyn

TOMOS Y TANC
Y Dîsl Du
Sôn am Helynt
Tomos Mewn
Trafferthion
Pyrsi a Harold

JOSHUA JONES
Gee Ceffyl Bach
Lladd Gwair
Bwmyr y Parot
Helfa Drysor

Cyhoeddwyd gyntaf yn Saesneg ym 1992 gan Buzz Books, imprint o Reed International Books Ltd., Michelin House, 81 Fulham Road, Llundain SW3 6RB

Teitl gwreiddiol: *Treasure Trove*

Argraffiad Cymraeg cyntaf gan Hughes a'i Fab: 1992

Seiliwyd ar y gyfres animeiddio a gynhyrchwyd gan Bumper Films i S4C a Prism Art & Design Ltd.
Cynhyrchwyd a chyfarwyddwyd gan Ian Frampton a John Walker
Ffotograffau gan John Walker

ISBN 0 85284 108 6

Cysodwyd gan Pia Ltd, 37 Charles Street, Caerdydd CF1 4EB

Argraffwyd a rhwymwyd gan BPCC Hazell Books, Paulton and Aylesbury

Cyhoeddwyd gan Hughes a'i Fab, Parc Tŷ Glas, Llanisien, Caerdydd CF4 5DU

HELFA DRYSOR

Addasiad Nia Ceidiog
o stori Olivia Madden
yn seiliedig ar sgript Bob Wilson

Ar ddiwrnod mor braf, fe fyddai wedi bod yn bechod aros yn y tŷ, ac roedd trigolion y Gamlas Risial yn brysur yn yr awyr iach. Roedd Capten Caria'n tocio'r gwrych, a Sharon yn paratoi'r caffi ar gyfer ei chwsmeriaid. Rafi a Ffion? Roedden nhw'n brysur iawn yn helpu Josh a Joe Laski i blannu coed bedw yng ngwaelod y cae.

Palai Joe dwll ar gyfer pob coeden fach. Yna rhoddai Josh styllod i'w cynnal.

‘Siort ora!’ meddai Josh, gan sychu ei ddwylo ar ei jîns. ‘I’r dim.’

‘Bydd y coed ’ma mor fawr â tŷ ti, Rafi!’ meddai Joe Laski yn ei Gymraeg Pwylaidd.

‘Licen i ’sen i’n byw yn y wlad!’ ochneidiodd Ffion. ‘Y cyfan wi’n ei weld o ffenest fy llofft yw ffatri Mr Boliog!’

‘Gei di goeden gyn fi, Ffion fach,’ meddai Joe. ‘Bydd dy papa yn ei phlannu hi i ti!’

‘Sgersli bilîf!’ meddai Josh yn dawel fach.

Aeth Ffion a Rafi i chwilio am flodau gwyllt i Ffion fynd adre â hi.

'Ro i bàs yn ôl i chi os liciwch chi,' cynigiodd Josh. 'Does 'na ddim brys. Gwaeddwch pan fyddwch chi'n barod, iawn?'

Ond draw yn Storfa'r Lanfa, sŵn gweiddi a bytheirio mawr oedd i'w glywed wrth i Sboner stryffaglio i wthio desg enfawr drwy'r drws.

'Tyrd 'laen, y mwlsyn!' gwaeddodd Wilbur yn gas. 'Brysia rŵan! Mae Mr Boliog isio lle'r hen ddesg hyll 'na er mwyn inni gael rhoi cypyrdda' newydd yn y swyddfa!'

'Mae hi'n un drom ofnadw, Mr Cashmwy,' cwynodd Sboner gan duchan. 'Ga i stopo am funud i ga'l sbel fach? Plîs?'

Fel y digwyddodd hi cyrhaeddodd Josh a'r plant y Lanfa ar yr union funud honno.

'Dâ-di!' gwaeddodd Ffion. 'Helô!' Neidiodd oddi ar y cwch a rhedeg at ei thad â thusw hyfryd o flodau gwyllt yn ei llaw.

'I chi mae'r rhain, Dadi!' meddai. 'Casgles i nhw'n arbennig i chi! Ac mae Mr Laski'n dweud y ca i goeden os wnewch chi'i phlannu hi i fi!'

'Be mae'r dyn yna'n 'i feddwl ydw i? Gwas ffarm?' gwaeddodd Wilbur Cashmwy'n flin. 'Cer â'r blodau 'na i Mrs Caria i'w rhoi mewn dŵr. Neis iawn, ond rhaid i mi fynd; rydw i braidd yn brysur, cariad.'

‘Sboner, be ti’n ’i ’neud efo’r ddesg ’na, dwêd?’ gofynnodd Josh yn glên. ‘Gwely?’

‘Wi wedi gorfod ’i symud hi wrth ’yn ’unan, Josh,’ cwynodd Sboner. ‘A nawr, wi’n gorfod ’neud coed tân mas ohoni hi!’

‘Taw!’ meddai Josh. ‘Coed tân allan o hen gelficyn braf fel hwn? Gad i mi weld.’

Edrychodd Josh ar y ddesg yn fanwl, gan deimlo'r caead, y droriau a'r dolenni'n ofalus.

'Sbia ar hyn, Rafi,' meddai gan wasgu'r tu mewn i un o'r pocedi. Yn sydyn, agorodd drôr fechan.

'Whiw!' ebychodd Rafi. 'Drôr gyfrinachol!'

'Ges i sofran aur mewn drôr gyfrinachol unwaith,' meddai Josh.

'Ga i weld?' gofynnodd Rafi'n llawn cyffro. Rhoddodd ei law i mewn i'r drôr a theimlo pob cornel.

'Mae 'na rywbeth yma!' meddai gan dynnu hen ddarn o bapur o'r drôr. 'O . . . dim ond hen fap ydi o, wedi'r cwbl,' ochneidiodd.

'Map?' Moelodd Sboner ei glustiau. 'Pa fath o fap yw e?'

'Dwn i'm,' atebodd Rafi, 'ond mae o'n edrych yn hen iawn.' Craffodd ar y papur. 'Gorffennaf y seithfed, 1864 . . . pont . . . arian . . . ac . . . o, na, dwi'm yn gallu deall yr ysgrifen!'

'Gad i fi weld!' meddai Sboner yn gyffrous. 'Falle bod rhywbeth wedi ca'l 'i gladdu ar bwys y bont!' Ar hyn daeth Sharon â darn anferth o deisen i Sboner i'w fwyta efo'i Coca Cola ganol bore.

‘Dyma ti’r aur!’ meddai Sharon, gan roi sws lipstic fawr ar ei foch. ’Nhrysor gwyn i.’

‘Trysor! Ti’n iawn, Shar! Map trysor yw e!’

‘Tyrd i mi gael gweld,’ meddai Sharon. ‘O, sbia . . . llun efo croes fawr yn ymyl y Bont Bren sy wrth y caffi!’

‘Hei, ti’n iawn!’ ebychodd Sboner. ‘Dere, Sharon. Os down ni o hyd i’r trysor ’na, byddwn ni’n filiwnêrs!’

Ac i ffwrdd â'r ddau dan ganu.

'Mi fasa'n well i ni frysio, Josh,' meddai Rafi. 'Mae Sboner wedi mynd â'r map efo fo. Os nad ewn ni rŵan, mi ddown nhw o hyd i'r trysor o'n blaenau ni. Dydi hwnna ddim yn deg, nac ydi?'

'Aros di funud, Rafi. Mae helwyr trysor go iawn yn gwneud gwaith ymchwil cyn rhuthro i chwilio. Tyrd efo fi i fwthyn Bapw,' meddai Josh. 'Tyrd inni gael gweld be ddysgwn ni.'

Roedd Sharon a Sboner yn ôl yn ymyl y caffi mewn chwinciad. Aeth Sharon i nôl y rhawiau tra edrychodd Sboner o'i gwmpas i weld lle dylen nhw ddechrau palu.

'Wel, man a man iti ddechre fan hyn, sbo,' meddai. 'Dechreua i ar bwys y wal.'

Mewn dim o dro cafodd Sharon lond bol o balu. 'Oes isio cloddio'n ddwfn, cyw? Hen beth diflas ydi'r palu 'ma, ia!' meddai.

''Sa di nes ffindwn ni'r trysor 'na, cariad!' meddai Sboner. 'Fydd hi ddim yn ddiflas wedyn!'

Newydd orffen trefnu'r blodau roedd Ffion a Mrs Caria pan glywodd Ffion pwt-pwt peiriant y *Deleila.* Aeth allan ar y balconi.

'Hei!' gwaeddodd Rafi. 'Rydan ni'n mynd i dŷ Bapw i chwilio am gliwiau. Wyt ti am ddod hefyd?' A dyna pryd y camodd Wilbur Cashmwy ar y balconi. Roedd tymer ddrwg iawn arno fo.

'Ydi Sboner wedi gorffen symud y cypyrddau 'na eto, Jones?' rhuodd.

'Wel, fel mae'n digwydd . . .' meddai Josh.

'Dydi o ddim yn y warws rŵan, Mr Cashmwy,' meddai Rafi. 'Mae o yn y caffi.'

'Yn y caffi!' ffrwydrodd Wilbur. 'Dyna ni. Mae o wedi mynd yn rhy bell. Mi flinga i'r diogyn!' A rhuthrodd i lawr y grisiau.

'O diar,' meddai Josh. 'Well i ni ddiflannu . . .'

Ger y caffi roedd Sharon a Sboner wedi bod yn gweithio'n galed. 'O, Sbons,' cwynodd Sharon. 'Y cwbl dwi 'di ffindio 'di hen dun samwn, ia! Ga i roi'r gora iddi rŵan?'

'Na chei,' meddai Sboner. 'Dere inni ga'l edrych ar y map 'na 'to. Mae'n rhaid bod y trysor 'na yma'n rhywle!'

'Sbons! Sbia! Mr Cashmwy!'

'Reit!' meddai'r dyn bach tew wrth neidio allan o'i gwch. 'Be sy'n digwydd yma?'

'Alla i egluro popeth!' meddai Sboner.

'Chwilio am drysor 'da ni, 'ndê?' eglurodd Sharon.

'Trysor, myn brain i!' meddai Wilbur. 'Rho'r map 'na i mi'r mwlsyn! Mae'n amlwg nad oes gen ti ddigon o frêns i'w ddeall o!'

Rhuthrodd Josh a Rafi i fyny i lofft Capten Caria.

'Ydi adroddiadau hanes y gamlas gynnoch chi o hyd?' gofynnodd Josh.

'Ydyn, siŵr,' meddai'r Capten. 'Ar y silff acw.' Edrychodd Josh yn sydyn drwy'r llyfr â 1864 ar ei glawr ond methodd â dod o hyd i'r hyn roedd yn chwilio amdano.

Yna, gwelodd Rafi hen lyfr o dan goes y bwrdd. 'Be 'di hwn, Bapw?' gofynnodd.

'Tyrd i fi gael gweld,' meddai Josh. Darllenodd rai o dudalennau'r llyfr ac yna gwaeddodd, 'Rafi! Ti'n athrylith! Edrychwch, Capten!'

'Hm!' atebodd yntau. 'Diddorol *iawn*.'

'Rŵan,' cyhoeddodd Josh, 'mae hi'n hen bryd inni ymuno â'n ffrindia yn y caffi.'

Dyna le oedd wrth gaffi Sharon! Y ddaear yn llawn tyllau, a Wilbur Cashmwy yn cerdded yn ôl ac ymlaen â'r map yn ei law yn gweiddi, 'Pala 'mlaen, Sboner. Mae'n deud fan hyn bod 'na ddeuddeg tunnell o arian wedi'i gladdu wrth y Bont Bren.'

'Yn anffodus, Mr Cashmwy,' meddai Josh, 'nid arian arian yw hwnna, ond *Arian Byw*. Cwch oedd yr *Arian Byw* ac fe suddodd ym 1864 yn ymyl y bont.'

'Be?' gofynnodd Cashmwy. 'Dim trysor?'

'Dim trysor,' atebodd Josh.

Roedd Sboner yn teimlo'n wirion braidd. 'Ddrwg 'da fi am y tylle hyn, Shar,' meddai.

'Wi'n gwybod!' Roedd Ffion newydd gael syniad da. 'Beth am blannu rhai o goed Mr Laski ynddyn nhw!'

'O, ia, plîs!' meddai Sharon. 'Bydd y caffi'n gorjys wedyn!'

'Ac mi gei di dy arian hefyd,' ychwanegodd Josh. 'Bedw *arian* ydi coed Joe Laski!'

SBONER

PERO

FFION CASHMWY

RAFI CARIA